RLES DELCHEVALERIE

DECORS

DÉCORS

De ce livre, il a été tiré 20 exemplaires sur papier de Hollande et 300 exemplaires sur velin teinté.

Charles Delchevalerie

DÉCORS

ORNÉS A LA COUVERTURE D'UN DESSIN
D'AUG. DONNAY.

A LIÉGE
CHEZ A. MIOT ET JAMAR, ÉDITEURS
Rue Fusch, 13

MDCCCXCV

DU MÊME AUTEUR

EN ÉLABORATION :

La belle au bois dormant, prose légendaire;

Contes iconoclastes.

Ce sont de petites pages où l'auteur tenta de transcrire, en concordance avec telles heures de son être, l'émoi divers de quelques sites familiers.

I

Le soleil est tombé derrière l'horizon, et le ciel ennuagé d'orage s'éclaire soudain : où saigna l'agonie souveraine se déploie, or, pourpre et rouille, un fabuleux ciel pour quelque départ d'Argonautes.

Dans le soir toutes silhouettes sont noires et veloutées, bizarrement sinistres dans l'incendie du couchant.

Et voici la pluie, lente et puis pressée. et là-bas, dans l'air en grisaille, c'est un poudroiement d'or mauve où s'embrument les flambaisons du ciel qui se dilue en fumées.

Passent de tardifs troupeaux de nuées pluviales qui paissent maintenant les prés lilas du crépuscule.

Et, noble et lente, descend la nuit morne.

II

A mes pieds coule la tranquille rivière argentée.

En face, tout d'abord, s'étale une prairie modestement verte. Puis, deviné plutôt qu'aperçu, — derrière un épais rideau de peupliers aux verts profonds moirés de lumière — brusque, s'érige l'adorable épanouissement, le triomphe idyllique d'une aube estivale.

Çà et là, d'entre les branches surgissent d'éclatantes visions : des bottes de paille alignées, dressées dans la gloire du matin soleillant, comme un rang des boisseaux d'or du champ biblique. Et des verts joyeux, frissonnants et clairs, que broutent de calmes vaches rousses. Au loin, la tache lumineuse d'une cabane toute blanche.

Là-haut, sous le ciel d'août aux azurs embrumés de vagues fumées, la forêt bleutée d'aurore, mystérieuse et maternelle, monte jusqu'aux cîmes des peupliers qui me cachent ses velours et ses moires.

III

Très matin. Ciel de net azur et d'ouates fondantes. Au loin, des brumes indécisent les moutonnements de la forêt : noire et d'or, puis là-bas grise et bleue, et dégageant ici ses verts bleutés dans l'or en poussière du jeune soleil.

Le vent sur la Meuse ridée souffle en bourrasque, et gonfle, et froisse et gonfle encore la grise voile ensoleillée d'un lent bateau marchand. Et les eaux, comme d'acier sous le vent d'ouest, se hâtent vers le barrage moussu, et, trop basses, laissent couler comme de minces langues d'argent sur la longue dalle de jaspe vert.

En face, d'entre les maisons, la fuyante fumée blanche d'un train s'échevèle, crachotée ensuite à coups réguliers, au ralentissement vers le pont gris, là-bas.

Joyeuse, dans la rudesse du site que le vent torture, la banderole pourpre d'une barque à l'attache s'étire éperdument.

IV

Matin de dimanche en septembre, aux banlieues endormies, grisâtres dans la moiteur d'ennui du ciel sans soleil. S'allonge la rectiligne propreté, aux insidieux relents d'évier, des cités ouvrières. Silence hébété, que soudain troue un rauque appel corné d'un tramway qui dévale la grand'rue, là-bas où tantôt s'épandront les groupes bariolés des jacasseuses faubouriennes sortant de la messe, — quand va tinter la cloche enrhumée par l'air aveuli qu'elle dérangera certes en sa bonne torpeur, mais pas pour longtemps. Car les ondes paresseuses ont bien vite recouvré la sérénité dominicale et ce serait, pour la cloche, l'assoupissement du bonheur, s'il n'y avait cette appréhension du réveil, tantôt, dans le somnolent émoi des vêpres.

V

En un chemin creux qui monte, rapide et tournoyant, des profondeurs du val. Des deux côtés du sentier, la rosée scintille aux haies jaunies d'octobre. Calme partout : à peine entends-je le vague soupir d'une houillère au loin. En face, dans un enclos, se dresse un cône de chaume, mouillé par la nuit, dans le vert bleuté des vergers d'aurore. Au-dessus, sur la côte, jusqu'aux brouillards profonds du ciel blanc, s'élève un irrégulier damier de vergers bleus, qu'enveloppe la moelleuse gaze de l'aube.

Les cîmes des arbres s'indécisent, tels des cierges en des fumées d'encens. Et c'est comme un rêve bleu qui voile toute la terre.

VI

Un ciel plombé d'octobre. Les nues d'encre sont déchirées, là-haut, et l'échancrure dévoile une longitudinale bande d'argent livide.

Sous cette blancheur les toits mouillés miroitent vaguement. Les lumières, là-bas, sont des yeux ternes.

Soir d'âme intime, noëls de Dickens, fenêtres frileusement éclairées des maisons riches. En bas, la rue suant la brume sous de larmoyants réverbères. Mélancolie fondante : du soir, du passé, du vague; brouillard des soirs de cloches lentes, rappels d'idylle cherchée au coin du feu, et flirts indécis, — et veuleries d'âme pluvieuse, d'âme vaguante au long des quais.

VII

Le ciel est gris et sale, les lointains sont noyés dans la brume. Depuis le matin, monotone et bourrue, la pluie tombe, tombe. Les toits du boulevard luisent bizarrement sur les maisons dont les blancheurs lavées éclatent, comme un rire de fiévreux, entre les lignes sombres des pierres de taille mouillées. Dans la houle rectiligne des toits, les clochers émoussent leurs pointes. En bas, la vie est comme oppressée sous le despotisme contenu des parapluies. Les arbres ont des airs penchés, les vigilantes sont mornes.

La Meuse roule, plus épaisse et luisante sous l'étrave d'un bateau-mouche, solitaire et mélancolique dans l'eau si large, et comme aplati sous sa fumée. Les ponts obstruent le fleuve de leur enjambement sempiternel, massifs et seuls placides dans la tristesse d'ivrogne qui plane sur les choses.

Là-bas, sur la colline, une tour carrée a des airs d'éteignoir, et vers la droite, comme un rêve d'échafaud, la charpente d'une houillère vaguement émerge des fumées fuligineuses de la vallée, qui montent, montent et se fondent, là-haut, en une grisaille égalitaire.

VIII

Le quai s'allonge et tourne, là-bas. Un quai de banlieue bordant des grilles, des murs d'enclos, — ici la ronflante immobilité d'une usine, des maisons ouvrières avec des carrés noirs en avant-cour. — La chaussée étroite, puis le chemin de terre battue où court une balustrade basse et puérile. Ensuite s'étend une berge plaquée de lépreux gazons, rongée de golfes embuissonnés, surplombant l'eau qui coule à petits flots minces, en palets d'or sur les graviers.

Et, le ruissellement calmé en dormants jeux d'onde, c'est une longue île en triangle, noire et grise, éraflée de labours où stagnent des mares de neige sale.

Un clair soleil d'hiver : l'eau scintille. De l'usine, sous les brouillards qui de la nuit gardent son despotisme horizontal, s'étirent d'épaisses fumées blanches. Elles ennuagent la rive de larges écharpes, par instants, où s'indécise une silhouette parmi l'averse des rayons. A droite, à gauche, les rues, les quais, l'air libre des terrains vagues, tout le site est pincé de gel; jusqu'aux monts prochains où la forêt s'illimite, le faubourg qui s'éveille rit au soleil avec une douleur de doigts gourds.

Mais parmi les tournoyantes vapeurs s'avance un cortège, sur le quai : une foule noire, une raideur de caisse noire lentement portée, des pâleurs de surplis en avant, et l'éclair aigu, çà et là, de cuivres d'où s'épand une marche funèbre en dolentes pétarades.

Brume d'or au loin, qui voile à demi les monts bleus et d'où émergent ici les choses réchauffées : sur le gel en pendeloques au long de l'eau rieuse, sur l'île et ses neiges tristes et ses plaies noires, et sur l'hiver chanteur et sur la mort, déjà vague là-bas aux trous des fumées blanches, l'étincelante et la moelleuse pluie des rayons s'éparpille.

IX

Par ce gel subtil et bénin, une claire nuit d'étoiles. La lune en molle dérive se fait plus mystique et lointaine parmi ses halos pâles. Ses rayons tombent sur la lente eau du fleuve et ses reflets, dans la noire onde bleutée, c'est un semis de joies frêles dans la maternelle eau d'ombre, une scintillante mort de rêve en exil : à côté de l'inquiétude humaine des lumières de la rive, mirées au flux qui passe, et si peureuses de couler vers l'arche béant toute proche, où les ténèbres laineuses sont massées.

Mais c'est trève, ce minuit. La ville dort sous l'enchantement de la lune; les quais au loin s'étendent, et s'amortit parmi l'espace le tremblement des feux épars; une brume indécise le calme alignement des maisons. Neigent sur toutes choses les pardons du divin silence; seule, par intervalles, une monotone rumeur de chute d'eau, comme une mélopée de nourrice.

Soudain, un carillon s'égrène, quelque part, et c'est par les airs comme un frisselis rythmé d'ailes argentines.

×

Un grand ciel clair qui lentement s'assombrit et, noirs sur l'horizon souillé de fumées, une tour, des cheminées, des pignons se dressent. Vers la droite, comme une fantasque guipure arachnéenne dans le couchant, se profilent les cîmes de la forêt qui moutonne.

Le site se devine plutôt : cette banlieue et la campagne qui là-haut commence ; car, dès la houle des toits où se carre un clocher massif, une brume plane, veloutée, çà et là fleurie d'un feu lointain qui palpite assourdi. Ici plus bas, dans le cadre des boulevards s'agite sous l'ombre accrue une vie vespérale de square et d'avenue ; des lueurs s'allument, mouchetures espacées du gaz, là l'éclat réfléchi d'une vitrine, et glisse l'errant lumignon des fiacres.

Les quais, puis le fleuve clair encore de mirer le grand ciel, et si calme dans cette solennité du soir. Parmi l'eau qu'il trouble de lentes orbes paresseuses, ses lignes déjà diffuses, un vapeur évolue, sombre silhouette d'où s'effume un vain panache de blancheur dans la nuit qui s'amasse. Des bruits de chariots, des rumeurs que l'ombre ouate ; le ciel bleuté se fonce. Et, heurtant les arbres des quais, titube un vol de chauve-souris.

XI

Sous une frileuse brise d'aube la rivière coule, lente entre ses bords durcis et poudrés de gel. Virent des cycles d'aigue et s'évaguent des volutes et s'ondent de menus flots par l'eau joueuse où, mirés au clair de cette paresseuse dérive, des peupliers en massif sur la berge projettent leur ombre d'hiver, noirs troncs grêles et fine ramure. Au mol voyage alenti des ondes palpite une vie fantasque de colonnes tordues, de piliers secoués, de branches qui girent, ondoient et se déroulent, quand au bord du rivage un rond soleil levant se pose, et la paradoxale arborescence échevelée s'active à captiver en ses réseaux la boule de feu qui ronge leurs mailles.

XII

L'herbe pâle et rase est poudrée de givre, et, d'un jet vertical, oblique ou tors jaillissent les troncs noirs des pommiers. Aux mailles des branches enchevêtrées, le grand ciel du matin drape ses claires soies. Silence : la nuit sainte a fait songer d'enfance la plaine qui s'éveille en sourires. Et par dessus la haie drue et morte, voici surgir dans une lande mauve, sur l'horizon, un montant soleil rouge, comme un Roi d'or que le site attendait.

XIII

Le paysage s'indécise parmi la molle paix bleue d'une fin d'après-midi. A l'horizon, là-haut, mi voilé des pâles vapeurs qui l'exhaussent sur les coraux d'un massif d'arbres, le soleil en son nimbe orangé, c'est une flamboyante hostie au ciboire du couchant, une charité mourante et lumineuse sous la grisaille infinie du ciel. Et, vers l'Eucharistie saignante à ces impalpables doigts qui défaillent, là sur l'autel triste des cîmes d'hiver, montent, d'un élan si naïf, en blanches prières d'humilité, les vaines fumées du val qui rêve.

XIV

Un ciel de pâle azur sourit sur la colline. Et le site s'éveille, là-haut : un clocher carré, d'abord, calme ancêtre parmi la foule pressée des toits bleus, les corps de ferme, et la cohue noire des branches, jardins et vergers ; puis, éparpillées sur la gauche, quelques masures attardées se hâtent vers le gros du troupeau, et la route en partance pour des hameaux et des bois se décèle aux silhouettes de ses arbres en file sur l'horizon.

Le soleil du jeune printemps chatoie sur les choses, avivant toute couleur; sur la côte un timide gazon verdit en carrés bordés du ruban sombre des haies.

Mais à droite, et masquant un peu ce pastoral coin d'enfance, voici du moderne : dans les fumées qui s'échevèlent on sent vivre, là-bas, ce damier d'identiques maisons ouvrières aux murs neufs et souillés; sur un remblai, dont le ruissellement figé gonfle en tumeur tout un pan de la montagne, se masse un groupe morose : une carcasse d'usine, en avant, aux airs de castel en ruine; auprès, de minuscules cheminées lancent la vapeur en bouillonnantes gerbes scandées qui sitôt s'effument parmi les brises, une plus haute les domine, massive comme une tour, et bave une volute mince. A côté, la charpente ajourée de la houillère, d'entre l'enroulement qui s'étire des molles écharpes, dresse dans l'azur son noir tréteau surnaturel.

Déchiquetant les blanches nues en fuite au ciel candide, sur la santé du paysage — paix vernale ou travail morne — souffle la rude fraîcheur du vent de mars.

XV

Le soleil descend, tout blanc, clair d'un feu glacé de diamant, d'un insoutenable feu concentré qui s'effuse en pâle couronne, et sa chute s'attarde pàrmi des Alpes d'ouate grise, en chaîne de sommets flous qu'une vapeur frange de nivéale hermine. Nul sang versé ; une mort mystique en clair triomphe. Tout est lumineux et pâle, une plaine de chaste azur règne, là-haut, où s'étend quelque nue blanche.

Or, sur l'agonie spirituelle, sur la fête morte de cette jeunesse là-bas, si pure et froide, c'est la douce pluie qui tend ses rayons en cristal.

XVI

A cent mètres, l'eau paisible du fleuve où des moires s'agitent, claires et rosées dans le gris trouble qui vers le bord s'accentue en noir, et des reflets d'or s'y posent et tremblent.

Le quai bruit d'une vie confuse, des passants vagues dans la grisaille, des charrettes cahotantes, un tramway qui glisse en tanguant parfois. Et, bordées des premiers feux allumés, les hautes maisons obscures se dressent comme un décor sur le fond lointain des hauteurs. Elles sont, les collines, sur l'horizon là-bas, indistinctes et voilées; des détails se profilent, maisons, cheminées et noire dentelle des arbres, dans l'orange sali du ciel où déjà s'apaise le naufrage du couchant. Des fumées traînent, en stries vineuses, la buée de tout un jour de travail, l'haleine de la vallée moite qui halète encore et va s'assoupir. Tout bruit se feutre, il plane une mollesse de fatigue sur les choses, et le fumeux ciel roux monte pâle et terne vers l'espoir du haut azur, où la nuit va tantôt éployer les rideaux étoilés de l'alcôve.

XVII

En banlieue. A mes pieds, sous la nuit claire, l'eau coule. Elle m'arrive du lointain que barre, ici près, la ténue armature d'un pont suspendu qui tend comme une dentelle noire sur le fond gris. Rectiligne et bicolore, elle est, jusqu'au milieu reflétant le haut ciel, d'un bleu métallique et frigide; asservie par l'ombre des berges, c'est vers la rive une encre de velours qu'on ne sent fluer qu'à voir trembloter les tiges de feu rougeâtre qui s'y enfoncent, sommés d'une immobile corolle clignotante, réverbères esseulés d'un quai morne. Elle m'arrive bleue et noire, plus noire et sans nulle fleur en feu, coulant au long d'un petit parc d'arbres massés dans leur silence.

D'en face, bornant l'autre côté du parc, pour fuir ce fond d'anxieuses ténèbres où pleure une lumière qu'on étouffe, un bras d'onde hâte ses flots peureux vers la rivière. Une îlette longue et mince l'incise, fourrure d'un paradoxal chat maigre tapi dans le courant.

Le site s'éparpille : entre les eaux, c'est le parc et ses touffes de nuit, un enfoncement d'obscurité d'où s'érigent des pignons, des cheminées en découpures d'ombre; à gauche une berge d'herbe que la lune givre, monte et s'éloigne vers la vie rouge d'une usine, révélée aux lueurs mouvantes dont s'emplissent les grands hangars; tout autour les masses confuses d'une banlieue triste, de hautes maisons où parfois, tout en haut, une fenêtre jaune indique une vie qui veille.

Le ciel est clair et pur, des blancheurs de nues s'étirent; une cendre lumineuse est diffusée par toute l'étendue, qui sanctifie l'éclat des rares étoiles. La lune vogue en un soyeux duvet roux; comme à mi-chemin de son disque, une fine barre de nuées s'allonge, et ainsi elle parait recluse en un second ciel entr'ouvert, plus élyséen.

La terre est résignée, les choses

pensent, ou souffrent doucement. Car ici se joue un émerveillement : sur l'onde, et jusqu'au fond de ce bras de rivière qui presse vers le fraternel confluent ses ruissailles délivrées, la lune jette une royale traînée de lumière qui s'enfonce entre le parc noir et le pré de givre, enserrant la bande dormante de l'île ; ce sont des paillettes frêles, de minces flots qui vibrent, un frissonnement d'éclairs pâles, une danse de rayons morts au terne miroir bleu. Les eaux unies, cette folle vie se calme, les stries cassées se nouent, cela fait des remous de clarté où s'éploient des jeux de chevelure, et parfois, sous un souffle fragile, tel bouillonnement soudain s'écaille, comme un sursaut de dorade.

L'eau s'en vient, toujours s'en vient, et turbulente se ballotte au flux de cette joie, puis s'apaise ici sous les clartés harmonieuses, et coule au loin, mangée par le noir et la mort, au silence des longues rives.

XVIII

Un songe d'automne est diffusé sur les choses : dans les harmonies nuancées de septembre et du crépuscule, le site se pare des magies fondantes d'un dessin japonais. Le soleil est disparu, et la colline qui cache sa descente est veuve de lumière; les verts clairs de tous ces prés, sur la côte, se nuent d'une cendre de pastel; sur la crête une ruine, des toits courbes, des moutonnements d'arbres brodent une orientale fantaisie qui se dégrade. L'horizon s'auréole d'un nimbe vieux-rose qui s'atténue en orbes mauves, ce sont des nuages traversés par les derniers rayons : des trouées les déchirent, montrant leurs revers dorés, et des bancs de nacre au fond du ciel. Des nuages encore, d'hyacinthe, de grisaille duveteuse; le ciel monte, d'argent qui se fond en satins pâles, et meurt en bleuités frêles, là-haut, où s'effeuille un vol d'oiseaux noirs. Et lentement, le romantisme divers du décor s'émeut et s'emplit des mélancolies d'une cloche vague qui tinte par le val, monotone comme une vie.

XIX

Sous les ténèbres balayées à coups d'ouragan, un coin de faubourg se devine; des masses d'ombre plus dense émergent confusément du flot roulant de la nuit folle. Le vent l'étire, la déchire, la fouette, et la voici qui s'échevèle en un vol noir qu'elle bouscule à tous les angles.

Le paysage est désert et stoïque sous la torture; entre ses quais tranquilles, un canal pousse de grosses eaux rapides où des lames d'épées s'effilent, et le peureux reflet des réverbères tremble sa lumineuse angoisse à se voir captif au tain du froid miroir. Des plaques d'humidité luisent çà et là dans une rue, sur les quais, sur les toits; parmi le troupeau des maisons vagues, les fenêtres sont de calmes yeux en larmes.

Mais soudain la lune s'est dévoilée, et l'on voit souffrir sa face morte. Sur toute la vision, elle jette une blême lueur de fin du monde : c'est une douleur livide et désorbitée où sombrent les pleurantes douleurs humaines; les choses en sont pénétrées, le site se dramatise, un givre verdâtre neige sur les toits et par les rues, la rivière s'empoisonne du mauvais éclair et flue une onde décomposée. Et, crispant de pâles attitudes, tout ce rêve hagard se courbe sous le flagellement d'une colère qui passe.

XX

Soir tombant sur la neige, parmi les ombres bleutées ; au ciel meurent des moires d'ambre bordées de vieux rose. Les choses se recueillent, une tranquillité veloutée plane, où des sonnailles tintent clair, çà et là de minces fumées s'évaguent. Dans cette fraîcheur vive, c'est la joie frigide d'une rénovation pascale, l'apaisement d'une vie aux lèvres angélisées. La neige maternelle fait les lointains charitables ; parmi l'air balsamique, le songe flotte d'une halte mystique en un pays d'Evangile.

Au-dessus des collines, les premières étoiles s'allument et ainsi, plus clairs là haut, les feux de la terre continuent aux plaines du ciel leurs scintillements répercutés.

XXI

Par la vitre du wagon :

L'eau luisante et sombre d'un fond de forêt qui s'y mire, comme une glace nocturne. La rive plate alors, des cultures, terres brunes écorchées, et plus loin d'autres veloutées d'un gazon si joyeusement vert. Puis la montante et mince clarté grise d'une rampe en pierre, là-bas, où les bois déroulent leurs tapisseries anciennes, et c'est une royale haute-lice découpée soudain dans le carreau.

XXII

La molle paix du soir plane sur la vallée, la fermentation des choses se décèle aux rumeurs qui viennent mourir ici, buée qui monte du ruissellement des vies. Ici, c'est la colline et le commencement du bois qui s'étoffe du vernal charme des frondaisons, graciles bouleaux feuillus d'enfance, bruyères comme calcinées où persistent des brindilles roses du dernier automne.

Dans la mousse roussie et le velours en grisaille des herbes mortes, le chemin pierreux serpente et s'égaie là-bas d'un rayon, vers un grand arbre qui domine et sacre d'orgueil la sérénité du site. Branches tordues comme de puissantes griffes qui vainquirent, enchevêtrement de membres noirs profilant une menace, le géant s'érige, et barre la joie d'éblouir au soleil qui descend dans une zone or et mauve. Soudain les crocs de fer l'agrippent; captif en la formidable serre, le Roi de lumière halète et s'évertue, et diffuse sa rage en éclats d'or, et tombe sanglant sur l'horizon, quand la silencieuse griffe enfin s'émeut et détend son étreinte, à l'intercession des souffles bleus du crépuscule.

XXIII

Le fleuve s'étale, large et courbe, et son onde a le bleu glacé d'un glaive dans les ténèbres. La nuit n'a de clarté que ce miroir sombre et la brumeuse lumière d'un ciel d'étoiles transies.

L'eau coule muette, au long d'une rive où se massent de profonds feuillages, et certes une silencieuse fête de fantômes noirs s'y échevèle par les halliers. Une pâle verrière confusément se décèle entre les branches, château magique où, sous les vitraux blêmes, la mort d'une Princesse est figée.

Par dessus les cîmes, un voile s'étire de noires nues laineuses, pour la royauté folle d'une sanglante lune éraflée, face d'orgie et de meurtre, tragique masque aviné dont trône la démence au front du site. Elle vogue par l'hystérique effroi des choses, et distille par les airs sa nénie, et, tombée vers le gibet des peupliers qui somment la noirceur du bois de leur haine plus haute, la voici soudain branchée aux rameaux noirs, et son sang lourd s'égoutte parmi les feuillées, pour qu'un poison plus riche soit aux corolles du matin proche.

XXIV

Au bord d'une allée de châtaigniers s'allonge la berge automnale, tapis roux d'herbe rase où des rondes d'enfants sont éparses. — Le site est distant et se baigne d'un plus cher songe parmi les mélancolies du mourant septembre. Par dessus les monts, le vaste couchant versicolore se mire aux lentes moires du fleuve. Un changeant tableau s'y dessine : tons dilués d'or, de mauve, d'amaranthe, d'améthyste, écharpes fauves, traînes d'opale, un cortège d'ancienne royauté déroulant ses magies sous la tremblante colonnade des peupliers de l'autre rive.

Solitude et lointain, silence des voix folles, sérénité : le soir harmonieux s'épand sur l'âme qui chante des enfants clairs, là-bas. Ils sont comme des couronnes en fleurs en ce déclin du paysage où s'indécise et meurt leur chanson blonde. Et les voici vers le fleuve, immobiles, et leur cœur incertain s'ouvrir à l'émoi qui neige en eux des cieux profonds du crépuscule.

XXV

Un brumeux soir d'octobre tombe sur la route en lacet qui gravit la côte. Banlieue déserte : clôtures, champs épars, briqueteries fumantes, arbres seuls, pâles façades des chalets vides. Devant la blême trouée où le couchant tantôt sombra, la nudité tragique d'un groupe de vieux chênes, là-haut, s'érige comme un calvaire.

Mais la nuit tire son voile sur ce dernier geste du jour; le chemin s'allonge, vague dans les effrois massés et luisant çà et là d'ors inquiets sous les premiers feux mouillés. L'ombre grise a noyé tout le site, la pente qui dévale est confuse et noire jusqu'à la ville.

Moutonnement de toits comme une houle vers la grande mer des ténèbres, la cité s'illimite dans la buée de clarté qui monte de ses rues. Sous l'alignement des avenues, au bord du fleuve où leur merveille se double, la myriade des lumières se joue en semis de gemmes étoilées, en couronnes, en colliers, en joyaux épars que somme parfois, diamantaire, un phare électrique sous une pâleur en nimbe diffusée.

Jusqu'aux horizons cette fête étale son prestige d'une chimérique Babylone nocturne, et le charme, dans l'air aqueux, se divinise d'une poussière blonde comme d'une arachnéenne voie lactée tendue sur la ville, pour l'enchantement d'un sommeil lumineux et polaire.

XXVI

A distances alternées, un à un, les feux du gaz s'allument, brusques, et palpitent, papillons d'or pâle dans l'air fauve et glauque. Car un lent crépuscule descend des hauts cieux où le couchant se prolonge, aux pavés qui luisent, une rose lueur se mire.

La rue est vaguement enchantée : un soir fondant et magnifique peu à peu s'y diffuse, il semble que toute chose s'y drape d'une langueur héroïque. La nette banalité du jour s'oublie, l'heure est tout ensemble amoureuse et mystique.

L'instant s'ennoblit d'être éphémère; les visages sont plus fiers et comme apaisés, la magie des étalages s'étale en décor, la lumière versicolore coule aux trottoirs. Sur la vie bruissante du carrefour, une harmonie mauve est épandue.

Au lointain de la rue rectiligne,

par dessus la feuillée songeuse d'un square, se meurt le ciel tout en gloire; un peu de jour bleuté traîne encore, les cris s'effacent, l'allure des femmes se fait alentie et veloutée, et voici telle passer, rythmique, qui surgit comme évoquée, et sacre d'un floral profil le visionnaire émoi du soir.

XXVII

Un étrange site de nuit : les ténèbres moutonnantes et rectilignes découpent des silhouettes de maisons et d'arbres sur un fond mouvant de clarté. Et ce décor d'ombre se noie dans la fantastique vie irradiée d'une fonderie qui diffuse à tous les cieux des jets de lumière, d'épaisses fumées roses, dans un tournoiement de roue géante, de fabuleuse rose épanouie. Le sommeil de ce frivole coin du soir s'en égaie, chante en rires aveuglants, en vivantes gerbes éblouies. Les fumées montent, floconneuses et diaprées, elles se pressent, se déploient, s'étirent, s'enroulent aux clairs minarets des cheminées, lèchent des frontons transfigurés ; elles se nuent d'ombre et d'un soudain rayon se ravivent ; elles sont changeantes, dorées, sanglantes, blanches et mauves et cendrées ; elles surgissent en tumulte, s'éploient harmonieuses et voguent apaisées, et neigent en moires scintillantes.

Ce jeu de flambées se drape sur le velours des lointains, comme aveugle et close s'éternise la fantaisie ensoleillée. Et ce semble l'inconscience d'une fête japonaise qui se joue parmi l'horreur d'une nuit de Thessalie; car la morne terre est prostrée, les choses sont vagues et livides, des malheurs se traînent, et dans l'éloignement du haut ciel, entre les noires bandelettes de minces nues bridées sur sa face, une blême lune de présage songe comme en attente.

XXVIII

Un fuligineux soir de l'été qui meurt s'est posé sur le fleuve. Barrée par le pont de bateaux, l'eau s'illimite, plate et large, à droite et à gauche; ici la rive déserte s'allonge pour décroître et s'abîmer dans la brume. Le soleil a sombré derrière nous, une bande sanglante et salie tendue sur l'horizon atteste seule sa sépulture.

Car aussitôt le ciel monte sur nos têtes, à souhait sombre et fleuri d'étoiles tremblantes, pour la magie d'un des plus beaux soirs du Nord. Il mire aux eaux silencieuses son mystère et sa naïveté; devant nous, là-bas, il s'appesantit sur la ville, par delà les quais anciens qui s'érigent en décor.

D'ici, c'est une merveille : le pont de barques noires, comme un chemin concave, se tend de guirlandes de lumière; des gens s'y pressent dont les faces brusques s'éclairent comme en un vieux tableau de Hollande. Leur affairement ne distrait point le grand fleuve solitaire, et son eau parmi des froissements de soie s'attarde à peine à jouer avec le reflet des lanternes. Issue de la brume — curieuse de cette ville aux vaines féeries — l'eau coule à nouveau vers la brume avec ses chansons mortelles.

Car ses flots sont doucement inviteurs : ici près, au milieu du fleuve, un long radeau s'est arrêté, qu'ils voudraient bercer vers les lointains voilés. Mais les marins ont peur de la nuit inconnue, ils ont jeté l'ancre de sauvegarde, ils ont fiché un clou au cadran du voyage, ils ont hissé au bout d'une perche un feu rose comme une vivante étoile. Et maintenant, ils s'étendront sur les planches mouvantes, ou s'en iront vers la cité désireuse.

La ville, elle est toujours parée pour les matelots, elle s'est faite plus alliciante en ce soir du vieil été, propice, chantent les cloches, aux rameurs des barques anciennes. Elle a voulu près d'elle assemblés, dans le giron de ses quais, les vapeurs et les chalands ; ils pressent autour des murailles des cohortes de mâts. Le labeur s'est éteint, les falots du plaisir illuminent les façades hanséatiques. Des rires étouffés sortent des tavernes, et la foule grouille autour des lumières.

Mais le fleuve sans cesse pousse ses eaux en voyage : chaque flot lègue au flot qui le suit le mirage du vieux port surgi dans un soir nostalgique. Il poursuit vers l'inconnu sa vogue au long des rives apaisées, et la tour au bord du quai, qui veille souvenante sur l'éparse joie des promeneurs, et les clochers dressés parmi la brume montée des labeurs du jour, les clochers aux sonneries étrangères, ceux-là s'éperdent à voir couler l'eau mystérieuse, à comparer son inéluctable errance et leur solitude à jamais prisonnière.

XXIX

C'est un coin silencieux de la vieille ville, un coin de jardins figés par l'hiver entre des maisons anciennes. Peupliers de roide ferveur, arbres aux mille bras tordus en prière, ils lèvent leur geste court dans la miséricorde du crépuscule. Du site agenouillé ce vieux parc synthétise la candeur et la mélancolie.

A ces arbres fidèles, la garde fut donnée du trésor où s'éternisent les vieilles fois. Confiante, elle dresse sa masse d'entre leurs cimes, la cathédrale gothique comme une châsse de pierre orfèvrée, et sa grisaille s'irise et s'épanouit sous les magies d'une lumière attardée. Les vitraux s'enflamment, les rosaces rayonnent, des gemmes éclatent parmi les clochetons guillochés, pétillent aux fleurons des contreforts. L'église entière se nue d'écharpes pathétiques, car un couchant sur le gel, un couchant mineur prolonge encore jusqu'aux hauts cieux ses ondes fauves et roses.

Le soleil tantôt, comme une porte d'or sur l'horizon, la porte pour ce désir surgi d'une évasion dans la lumière, la porte d'où s'irrue tout le sang d'or de Parsifal, le soleil comme une blessure au flanc de Dieu, le soleil, cœur de Dieu, s'est caché sous la terre. Son sang sur l'horizon permane et rutile et profuse par l'étendue comme une poussière de roses, ses flots dorés vers le zénith se répercutent, et leur flux dispersé se parsème de naïves étoiles. La clarté s'attarde en caresses pâlissantes, il s'impose sur les choses comme des mains diaphanes.

Mais un crime tout-à-coup horrifie cette agonie, l'étendard des nuées palpite et secoue tous les prestiges, une vibration dardée au bord des cieux lance sur la ville entière le sang magnanime qui coulait sur l'horizon. Il pleut du sang, des fleurs de sang, l'impalpable sang des âmes, sur les toits et dans les arbres, la cathédrale ruisselle du martyre de toutes les vierges, les hautes fenêtres s'injectent comme des mains suppliciées. Le site ainsi s'efface au fond d'une tragédie silencieuse, il entre peu à peu dans l'ombre terrifiée ; la nuit tire son rideau sacré sur l'hécatombe et signe d'une étoile le front des morts, tandis qu'un caillot vermeil palpite encore dans l'œil dilaté d'une rosace gothique.

XXX

Par dessus le pluvial et gras décembre des rues, de fumeuses nuées s'échevèlent. Vue d'à mi-côte, la ville comme une houle immobile s'étend, terne et vague, vers un lointain de forêts et de monts indistincts. Des cieux obtus, une invisible pluie se distille, qui plaque une moiteur au front des édifices.

Voici que le soleil, enclos aux courtines sales des nuées, exhale en un sursaut toute sa fièvre; l'onde sans force de sa clarté coule aux rives du crépuscule, le ciel s'irrite et maladivement se dore, et la fauve et livide lueur inonde le site d'un jour empoisonné. Toute couleur se décompose parmi la rancune de la lumière. Et soudain s'exaspère la flambée prisonnière, elle crève le voile du couchant pour cribler d'une averse d'or tout un quartier surgi dans la pénombre. Ce coin du site brûle, pétille, s'aveugle d'éclairs et se consume, et les pluies tendues irisant l'incendie, le triomphe fleurit tout-à-coup d'un arc-en-ciel vermeil et sacré, bandeau de songe et d'enfance qui nue vainement la rancœur du paysage. Car l'ennui s'établit avec les ombres, l'ondée a tôt dilué les prestiges de l'hallucinatoire banderole, et le soleil enfouit son dernier râle dans les charpies maussades de l'horizon. Tout s'éteint et la nuit sur la ville en sueur va semer sa laine impalpable.

Ces pages, ici chronologiquement rangées, furent écrites de 1889 à 1893. Toutes, elles s'inspirent de sites de la terre wallonne, à l'exception de la pièce XXVIII où fut tentée une évocation du vieux Dusseldorf.

Elles parurent, séparément ou par séries, dans ces périodiques : *la Revue blanche*, *les Jeunes*, *la Wallonie*, *Floréal*, *le Réveil* et *la Revue wallonne;* certaines d'entre elles portèrent alors en dédicace des noms d'artistes que l'auteur se plait à transcrire à cette place : Germaine Franck, Aug.-M. Henrotay, Albert Mockel, Albert Thomar.

ACHEVÉ D'IMPRIMER
CHEZ A. MIOT & JAMAR,
IMPRIMEURS A LIÉGE,
LE 20 AVRIL MDCCCXCV.

www.ingramcontent.com/pod-product-compliance
Lightning Source LLC
LaVergne TN
LVHW050430160826
845677LV00002BA/628

* 9 7 8 2 3 2 9 6 8 0 4 4 6 *